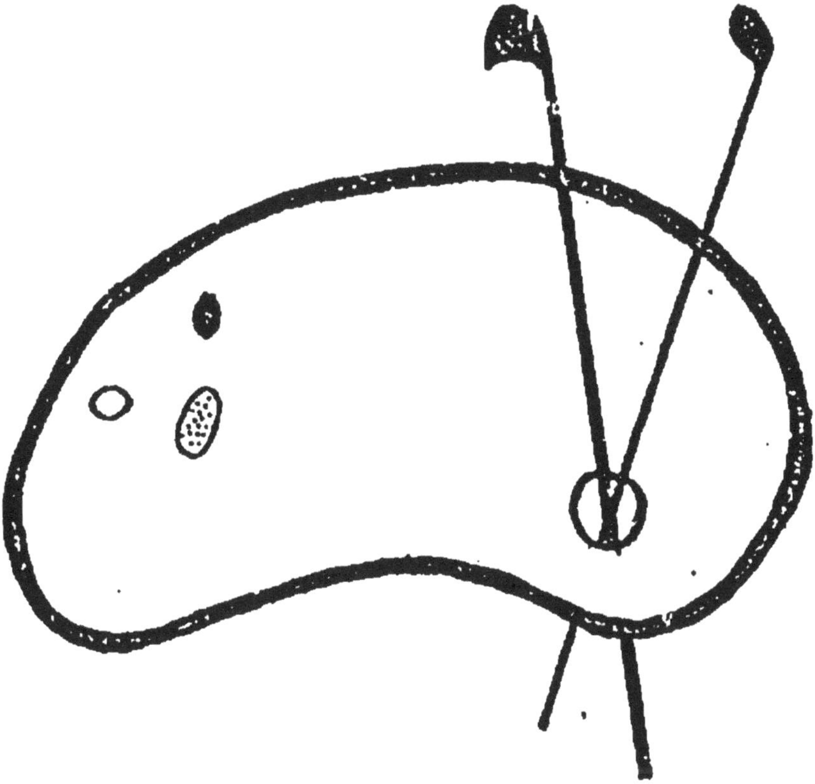

DEBUT D'UNE SERIE DE DOCUMENTS
EN COULEUR

Couverture inférieure manquante

MAURICE BARRÈS

UNE JOURNÉE PARLEMENTAIRE

COMÉDIE DE MŒURS EN TROIS ACTES

PARIS
G. CHARPENTIER ET E. FASQUELLE, ÉDITEURS
11, RUE DE GRENELLE, 11
1894

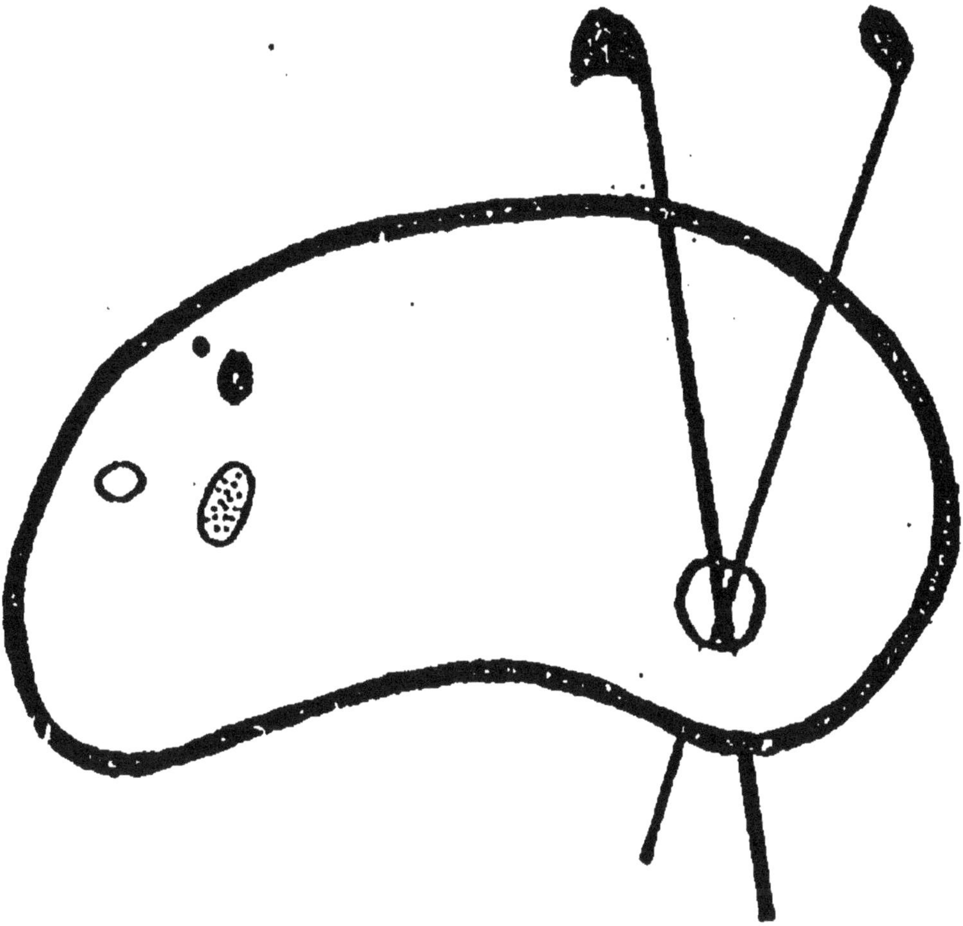

FIN D'UNE SERIE DE DOCUMENTS
EN COULEUR

UNE JOURNÉE PARLEMENTAIRE

IL A ÉTÉ TIRÉ

Vingt exemplaires sur papier du Japon.

ŒUVRES DE MAURICE BARRÈS

Dans la Bibliothèque Charpentier à 3 fr. 50 le volume.

MAURICE BARRÈS

UNE JOURNÉE PARLEMENTAIRE

COMÉDIE DE MŒURS EN TROIS ACTES

PARIS
G. CHARPENTIER ET E. FASQUELLE, ÉDITEURS
11, RUE DE GRENELLE, 11

1894

Aux

Républicains Antiparlementaires

PRÉFACE

Une Journée parlementaire devait être jouée à la fin de janvier 1894, sur le théâtre de la Comédie Parisienne. Comme c'est le règlement, M. Koning, directeur de cette scène, confia le manuscrit aux censeurs. Ceux-ci ne s'occupèrent que d'en communiquer, pour leur convenance personnelle et pour préparer l'opinion, des analyses à la presse. C'est le Conseil des ministres qui l'examina. Après quatorze jours, l'interdiction fut connue des intéressés par un simple communiqué de l'agence Havas.

On constatera que l'auteur n'a pas dépassé ses droits de Français clairvoyant, en laissant autour des figures qu'il composait un peu de l'atmosphère qui enfiévrait le Palais-Bourbon au temps où ce lieu dégorgeait sur la Cour d'assises.

Si plus d'un parlementaire vint, par-dessus l'épaule des ministres, jeter sur le manuscrit le coup d'œil inquiet d'une fille sur son miroir, n'est-ce pas la moralité du théâtre? « J'ai eu tort de m'payer un nègre », dit une créature de Forain au matin d'une « Fète galante ». Et voilà presque du repentir.

L'auteur a décliné les offres que ses amis lui firent de porter la question à la tribune de la Chambre. Il ne lui convenait point qu'une peinture des mœurs parlementaires fut soumise aux parlementaires.

Dans un autre sentiment, il n'a pas accepté que sa pièce fût jouée à l'étranger avant que son véritable caractère eût été publié en France.

La pièce fut immédiatement recueillie par le Théâtre Libre dont on connaît le privilège vis-à-vis de laCensure. En même temps, *le Figaro*, avec le concours de M. Antoine et de ses excellents camarades, offrait une représentation privée à quelques-uns de ceux qui pensent que Thuringe, Legros, Isidor, Le Barbier et les autres sont faits pour inspirer des pièces, non pour les étouffer.

Après cet essai, tenterai-je encore de prendre le théâtre pour exprimer mes idées? Je suis hésitant. Non pas découragé de cet art qui, par sa puissance de multiplication, dédommage de ses conditions un peu gênantes, mais désarmé devant l'arbitraire du Gouvernement. Alfred de Vigny écrivait en 1829 : « L'art de la scène appartient trop à l'action pour ne pas troubler le recueillement du poète ; outre cela, c'est l'art le plus étroit qui existe ; déjà trop borné pour les développements philosophiques à cause de l'impatience d'une assemblée et du temps qu'elle ne veut pas dépasser, il est encore resserré par des entraves de tout genre. Les plus pesantes sont celles de la censure théâtrale, qui empêche toujours d'approfondir les deux caractères sur lesquels repose toute la civilisation moderne, le prêtre et le roi ; on ne peut plus que les ébaucher, chose indigne de tout homme sérieux qui se sent le besoin de voir jusqu'au fond de ce qu'il regarde. »

Pour l'instant écarté de l'action publique, nous avions saisi ce moyen qu'est le théâtre, mais sera-ce sur des scènes fermées que nous serons réduits à parler du Parlement, et de l'homme de Gouvernement, du socialiste et de l'anarchiste ?

PERSONNAGES :

ANDRÉ THURINGE, député de l'Anjou . . . M. ANTOINE.

MADAME THURINGE, sa femme, épouse divorcée de Gaudechart . . . . Mlle Marguerite CARON

LEGROS, député, collègue de Thuringe dans l'Anjou . . . . M. ARQUILLIÈRE.

FORESTIER, directeur du journal *Le Contrat social* . . . . M. GÉMIER.

LE BARBIER, député, ancien ministre. . M. TINBOT.

ISIDOR, député . . . . M. Léon CHRISTIAN.

UN AGENT DE LA PRÉFECTURE DE POLICE . . M. DUJEU.

JACQUES, secrétaire de Thuringe. . . . . M. RAMIÉ.

CHARLES, enfant de 8 ans, fils de Madame Thuringe et de Gaudechart . . . . La petite Jeanne PARFAIT

LE CARICATURISTE . . . . M. VERSE.

LE DÉPUTÉ qui interpellera. . . . . M. LAUDNER.

LE RÉDACTEUR du *Contrat social* . . . . . . M. GAILLARD.

Journalistes : MM. AMYOT, MICHELEZ, DESFONTAINES, PÉLIO, GÉRÈS.

Députés : MM. BÉNARD, HERLAINE, ETIÉVANT, DEFRANCE, WEISS.

Députés, Journalistes, Reporters, Huissiers du Palais-Bourbon.

UNE JOURNÉE PARLEMENTAIRE

ACTE PREMIER

Dans un petit hôtel, un cabinet de travail. Trois portes: l'une communiquant aux chambres à coucher, l'autre à l'antichambre, la troisième à une bibliothèque qui est en même temps le cabinet du secrétaire. Une grande baie vitrée donne sur une cour intérieure et sur une maison de rapport qui sépare elle-même l'hôtel de la rue. Un meuble lourd et à serrure de sûreté d'où Thuringe tirera ses dossiers.

Au moment où la toile se lève, il est environ six heures du matin; des bougies sont allumées; pas de feu dans la cheminée.

SCÈNE PREMIÈRE

THURINGE

THURINGE, *seul.*

J'ai peur. Cette incertitude me tue. Ont-ils des pièces? des choses écrites? Ah! j'essaye vainement de m'illusionner. Ils n'iraient pas ainsi de l'avant s'ils ne se sentaient couverts... Ils possèdent un papier!...

Depuis deux mois que cette lettre a disparu de mes dossiers, pas un jour je n'ai déplié les journaux sans me sentir blêmir de la possibilité qu'on me la produise. Et maintenant, à l'effronterie des attaques, je pressens le coup en pleine poitrine.

Je comprends que nous tous, hommes politiques, nous mourions d'une maladie de cœur! Le public dit: « Thuringe, le député Thuringe a de l'influence, de l'argent, une jolie femme. » Depuis huit jours on lit dans les journaux de Gouvernement que je vais recevoir un portefeuille et dans les journaux d'opposition que j'ai touché des sommes énormes... De l'argent, de l'amour et le pouvoir! Eh bien! moi, ce Thuringe envié, me voici à six heures du matin perdu de froid et n'osant demander du feu à un domestique, de peur que sur mon visage il ne surprenne mon angoisse.

A ce journal, *Le Contrat Social*, qui me pourchasse comme un mauvais rat, l'un de ces domestiques a vendu, je le jurerais, mes papiers; ils lui vendraient encore le détail de mes insomnies, ma fièvre, les plis de mon front!... Comme je dois avoir mauvaise mine! Le petit jour est ignoble et met sur cette pièce des airs de garni cerné par la police. (*Il s'approche de la fenêtre.*) Cet hôtel, au fond de cette cour, est triste comme un caveau... Et lui aussi, en face, il est déjà levé! voilà sa lampe au second étage, il me guette. Comme moi il attend les journaux, mais avec quel cœur joyeux... Cette lampe qui, dès l'aube, complote contre moi m'épouvante. Il dit à tout Paris qu'il illuminera le soir où je serai perdu. L'attendrons-nous longtemps, ce soir? Ah! plutôt que cette angoisse devant l'inconnu, j'appelle les pires réalités! Misérable!

comme tu me fais peur. (*Il lui montre le poing.*) Je ne veux pas que tu me saches debout. (*Il souffle les bougies.*) Au moins tu souffriras, si tu me crois au chaud, dans le lit de ta femme.

SCÈNE II

THURINGE, MADAME THURINGE, UN DOMESTIQUE, CHARLES.

MADAME THURINGE, *en peignoir.*

André, déjà levé! Pourquoi?... Je ne veux pas croire que tu sois las d'être auprès de moi.

THURINGE

Ma chérie! Mon Hélène! (*Il court à elle, joyeux d'être interrompu dans sa fièvre et la presse dans ses bras*). Mes seuls ennuis, tu le sais bien, ce sont mes affaires, mes travaux, toutes ces basses intrigues auxquelles échappe mal un homme public.

MADAME THURINGE

Ils sont donc vains les longs efforts que j'ai faits pour être à toi, puisque tous mes témoignages d'amour sont impuissants à prévaloir contre une note dans les journaux. Voilà mon inquiétude, je ne parviens pas à te rendre heureux ! Une feuille de papier, des chuchotements de couloirs sont plus forts sur ton imagination que tout mon être sur ton cœur. Pensions-nous qu'il en serait ainsi, toi et moi, quand nous luttions pour nous appartenir?

THURINGE

Tu as été admirable d'énergie, de tendresse. Aussi, depuis dix-huit mois que ton divorce a été prononcé, depuis près d'un an que nous sommes enfin l'un à l'autre, je n'ai pas passé une heure sans t'aimer comme une perle, plus douce, mieux formée, et plus rare que n'en possède aucun écrin de reine.

MADAME THURINGE, *souriant*

Et ce sentiment, mon ami, ne suffit pas à ton bonheur !

THURINGE

Je souffre qu'en entrant dans ma maison, toi qui ne dois connaître que des adorateurs, tu voies tant de poings tendus.

MADAME THURINGE

Chez toi, j'ai trouvé l'honneur, la loyauté et je quittais une maison d'intrigues et de bassesses. Quant à ces haines, puis-je oublier qu'elles s'amassèrent contre cette porte, du jour que tu m'en fis franchir le seuil ! Gaudechart, qui ne fut que mon mari, t'insulte, toi qui es à la fois mon mari et mon seul amour. Quoi qu'il dise, de lui je ne puis apprendre qu'une chose, c'est à t'aimer, à t'admirer et à vouloir ton bonheur.

THURINGE

Ah ! pourquoi des ambitions et je ne sais quelles chimères m'empêcheraient-elles plus longtemps de jouir d'une tendresse qui m'est plus précieuse que tout? Allons vivre à la campagne. Un château, des bois, le grand air, pas de voisin! Partons, loin de cet espion qui est venu s'installer juste en face pour comploter contre notre bonheur.

(*A chaque fois que Thuringe ou sa femme prononcent le nom de Gaudechart, ils désignent son appartement à travers la baie vitrée.*)

MADAME THURINGE

Bah! il ne peut que souffrir à constater combien nous sommes heureux. (*Souriant.*) Et puis ce voisinage t'apprendra à ne pas faire des économies sur le loyer, à ne pas louer un hôtel derrière une maison de location. J'accorde que Gaudechart est un voisin déplaisant; nous déménagerons. Mais pas à la campagne! Tu vas être ministre, chacun le disait hier au bal. Ah! je t'assure que tes collègues parlaient avec mépris de ces insinuations des journaux... Des preuves, disent-ils... Nous les défions de rien produire, un papier, une lettre... (*Elle surprend un mouvement de Thuringe.*) Tu n'es qu'un enfant nerveux, avec le visage défait par le besoin de manger. Le matin, à jeun, les nerfs sont irritables. (*Elle sonne, un domestique paraît.*) Le déjeuner de Monsieur!...

(*Le domestique sort.*)

THURINGE

Il faudra mettre ce domestique à la porte.

MADAME THURINGE

C'est le dixième, mon pauvre chéri, depuis le jour où

tu as cru qu'on furetait dans tes papiers... Qu'a-t-il fait, celui-ci?

THURINGE

Il avait *Le Contrat social* dans sa poche.

MADAME THURINGE

Tu l'as vu ?

THURINGE

Oui, le papier dépassait d'un doigt. C'est un papier que je reconnaîtrais entre mille.

MADAME THURINGE

Beaucoup le lisent, qui ne l'approuvent pas. Ainsi, moi, j'en reçois plusieurs exemplaires chaque jour, soulignés et cachetés sous enveloppe....

THURINGE

Toi, pauvre enfant?

MADAME THURINGE

Je ne les lis même pas. Je ne comprends que les journaux qui disent combien tu es bon, loyal, éloquent. Ceux qui t'injurient m'ennuient; ils parlent d'un Thuringe qui, Dieu merci, n'a jamais existé que dans leurs imaginations.

THURINGE

De ces imaginations, je suis forcé de prendre connaissance, hélas! Qu'aura inventé *Le Contrat social* ce matin?

MADAME THURINGE

Je vais dire qu'on te l'achète.

(*Elle se lève et, au même moment, le domestique apporte le déjeuner.*)

THURINGE

Non, non, je t'en prie. (*Elle le regarde avec éton-*

nement. Ils se taisent jusqu'à ce que le domestique se retire.) Il faut que les domestiques ignorent que je le lis.

MADAME THURINGE

Tu vas l'acheter toi-même ?

THURINGE

On me connait trop. (*Un peu suppliant.*) Ton fils ne pourrait-il pas y aller ?

MADAME THURINGE

Toi si brave, irréprochable, préoccupé de ces détails ! Enfin, tu peux prendre l'enfant pour groom, puisque la mère est déjà ta servante. (*Elle l'embrasse au front, va à la porte et appelle.*) Charles ! (*Entre un enfant de huit ans en costume de classe.*) Veux-tu me faire une commission ?

CHARLES

Une commission ? Dehors ! oui.

THURINGE

Voilà un sou. Tu n'iras pas au premier kiosque, mais au second ; tu demanderas *Le Contrat social*. Tu le plieras dans ton veston et le rapporteras sans que personne le voie... Va vite.

CHARLES, *à sa mère.*

Tu diras ce que j'ai demandé ? (*Il sort.*)

THURINGE

De quoi s'agit-il ?

MADAME THURINGE

Un enfantillage.

THURINGE

Tu sais qu'une occasion d'être agréable au fils de

mon Hélène n'est jamais pour moi un enfantillage.

MADAME THURINGE

J'ai trop horreur de la dissimulation pour te rien cacher, même quand cela conviendrait. Charles désire manquer le lycée sous prétexte que ses camarades l'appellent : « Petit Chéquart. »

THURINGE, *sombre.*

On parlera au proviseur plus tard, mais il faut qu'aujourd'hui il aille à son collège.

MADAME THURINGE

Il ira.

THURINGE

Que tu es bonne, parfaite et dévouée pour moi ! A chaque jour je t'aime plus encore qu'au temps où tu imposais le divorce à ce Gaudechart. Ah ! comme il faut que tu sois heureuse par moi.

MADAME THURINGE

Je le suis. Toi seul existe pour moi et je ne souffre que d'une crainte, c'est que j'apporte dans ta maison quelque chose d'impur pour avoir vécu près d'un homme méprisable.

THURINGE

Ah ! petite fille plutôt trop pure !

(Il lui baise les doigts.)

CHARLES, *qui rentre.*

J'ai rencontré papa.

THURINGE

Il a vu le journal ?

CHARLES

Non, il a dit : « Charles, tu ne resteras plus longtemps avec ton faux papa. » (*Madame Thuringe l'interrompt et, l'entraînant par la main, sort avec lui de la pièce.*)

SCÈNE III

THURINGE

THURINGE *resté seul, regarde un instant le journal, puis il va rapidement fermer la porte à clef; il relit à haute voix ce seul mot :*

UNE EXÉCUTION

(*Il regarde dans la glace au-dessus de la cheminée son visage défait.* Suis-je pâle ? *enfin il lit.*)

« UNE EXECUTION : Demain nous publierons un document ne laissant aucun doute sur les faits de corruption que nous avons signalés. A défaut du Gouvernement, le dégoût public exécutera le représentant voleur. »

Ils ont le papier ! Vingt-quatre heures encore et je suis perdu ! Eh bien ! mieux vaut cela que l'incertitude. Je respire et mon cerveau se dégage ! Suis-je une femme effrayée, un enfant, un vieillard ? Avant de céder à l'orage, opposons-lui, pendant vingt-quatre heures, la poitrine d'un homme de trente ans, qui défend son amour, son argent et son orgueil.

(*On sonne.*)

SCÈNE IV

THURINGE, LE SECRÉTAIRE, LEGROS, UN DOMESTIQUE.

LE DOMESTIQUE

Monsieur Legros !

THURINGE

Faites entrer.

LEGROS

Qu'est-ce que tu réponds au *Contrat social* ?

THURINGE, *effrayé et énervé.*

Baisse le ton.

LEGROS

Ah ! Dame ! nous sommes perdus dans l'Anjou, moi comme toi.

THURINGE

Si je saute, je crois en effet que ton siège branlera.

LEGROS, *marchant de long en large.*

Ah ! tu excelles dans l'ironie ! Cela convient à un ancien professeur de philosophie, mais ce qui lui convient moins, ce sont les affaires ! Affaires d'amour avec Gaudechart, affaires d'argent avec *Le Contrat social*, eh bien ! tout cela, c'est affaire d'honneur vis-à-vis du public et affaire de vie ou de mort pour toi-même.

THURINGE, *marchant à lui et d'une voix étouffée.*

Alors, c'est toi, Legros, que j'ai pris petit architecte

et mené jusqu'à la Chambre, qui vas me faire du tapage quand des misérables me calomnient...

LEGROS

Petit architecte!... oui!... Mais des calomnies... tu plaisantes! Il s'agit de cent mille francs que tu as reçus des filateurs du Nord pour appuyer les droits de douane.

THURINGE, *haussant les épaules.*

Après tout, tu le sais bien, puisqu'on les a mis dans le journal d'Anjou, qui te défend comme il me défend moi-même et auquel tu n'as jamais versé un sou.

LEGROS

Cent mille francs dans le journal d'Anjou? Non pas! cinquante mille... et le reste (*ricanant*) pour les voitures!

THURINGE

Assez de familiarités, Legros. (*Il sonne.*) Il faut se taire, s'unir et agir. (*Au domestique qui paraît.*) Le secrétaire est-il là?

LE DOMESTIQUE

Oui, monsieur.

THURINGE

Priez-le de venir.

(*Le domestique sort et le secrétaire entre.*)

LE SECRÉTAIRE

Oh! monsieur, quel indigne article dans *Le Contrat social*!

THURINGE

C'est bien, mon ami; ne vous émouvez pas de si peu. Quand nous aurons fait de vous un député, vous verrez de quelle façon les meilleurs dévouements sont récompensés.

LE SECRÉTAIRE

Que dirons-nous dans le journal d'Anjou?

THURINGE

Qu'on ne répond pas au *Contrat social*, ou mieux encore ceci : « On s'amuse beaucoup à Paris d'une invention des réactionnaires... » Pour le détail, vous vous entendrez avec Legros... S'il vient des reporters, faites attendre, je les recevrai. Chose plus importante, rappelez à Madame Thuringe que mes deux collègues, Le Barbier et Isidor, déjeuneront.

(Pendant que le secrétaire était là, le domestique s'est attardé à enlever le déjeuner, sur un regard défiant de Thuringe, il sort avec le secrétaire.)

LEGROS

Le Barbier et Isidor viennent déjeuner? cela me rassure un peu. Excite-les à travailler la majorité, car je crains la séance de ce soir.

THURINGE

A l'essentiel, maintenant! Toi qui fraternises toute la journée au Palais-Bourbon, avec les journalistes, tu dois connaître les gens du *Contrat social*. Il n'y a pas à chercher de trente-six côtés, c'est à eux qu'il faut que je parle.

LEGROS

Ils sont fanatiques!

THURINGE

C'est-à-dire qu'ils désirent passionnément quelque chose; par là ils ont des points faibles que l'on peut toucher.

LEGROS, *malgré lui admiratif.*

Qui ne séduirais-tu pas, toi qui as séduit Madame Thuringe. . succès néfaste, peut-être... Ne te fâche pas, mon pauvre vieux; je comprends l'amour ! mais, pour parler politique, tu serais plus solide avec l'amitié de Gaudechart qu'avec sa femme et sa haine... Passons, passons ! Je connais le rédacteur parlementaire du *Contrat social*. On a beau ne pas avoir les mêmes opinions, on a la même salle d'armes, et, en s'exerçant à se pourfendre on apprend à se ménager. Je vais lui suggérer de t'interviewer.

THURINGE

Il n'y a pas de temps à perdre.

LEGROS

Dans une demi-heure, je te l'amène.

(*Il sort.*)

SCÈNE V

THURINGE, LE SECRÉTAIRE, UN AGENT *de la Préfecture de Police.*

LE SECRÉTAIRE

Il y a là quelqu'un de la préfecture de police qui désire vous parler.

THURINGE

De la préfecture ? Faites entrer.

(*L'agent entre.*)

L'AGENT

Monsieur le député, Monsieur le Préfet a vu dans les journaux le chantage du *Contrat social* et il m'a donné mission de me mettre à la disposition de Monsieur le député, pour le cas où je pourrais lui être utile.

THURINGE

Vous avez un mot du préfet ? (*L'agent lui remet un pli.*) Fort bien... En effet, je désirerais savoir par qui est organisé ce que vous appelez justement un chantage. Tout document qu'on prétendrait posséder ne peut être qu'un faux, mais je tiens à connaitre le faussaire. C'est son nom et sa qualité que je vous serais obligé de rechercher discrètement et rapidement.

L'AGENT

Je verrai monsieur le député à la Chambre, et j'espère être en mesure de le renseigner... Monsieur le député veut-il me permettre encore un mot?

THURINGE

Parlez.

L'AGENT

Etes-vous sûr de votre domestique?

THURINGE

Pourquoi donc?

L'AGENT

Celui-là, nous ne le connaissons pas à la Préfecture. La plupart des domestiques qui servent ces Messieurs en vue sont envoyés par nous. Le valet de pied qui vient de m'introduire n'a pas été placé par nous; il n'est pas venu non plus nous trouver. Alors, je me méfie qu'il est subventionné par quelqu'un d'autre.

THURINGE, *riant.*

Merci.

(Il lui serre la main. L'agent sort.)

SCÈNE VI

THURINGE, LE SECRÉTAIRE, LES REPORTERS, LE DOMESTIQUE.

THURINGE, *entr'ouvrant la porte de son secrétaire.*

Jacques, qui avez-vous là ?

LE SECRÉTAIRE

Déjà sept ou huit reporters.

THURINGE

Qu'ils entrent. (*Les reporters entrent, un carnet à la main.*) Bonjour, mes chers confrères. Que puis-je pour vous être agréable ?

UN REPORTER

C'est à propos de cet article du *Contrat social.*

THURINGE

L'on s'occupe de cela! Permettez que je le relise. (*On lui tend le journal... Il relit avec ironie.*)

« EXÉCUTION : Demain, nous publierons un document ne laissant aucun doute sur les faits de corruption que nous avons signalés. A défaut du Gouvernement, le dégoût public exécutera le représentant voleur. »

Et vous pensez qu'il s'agit de moi là-dedans! Mais c'est de vous que j'espère des détails.

UN AUTRE REPORTER

L'impression produite est considérable, et nous sommes à votre disposition pour que vous répondiez.

THURINGE

C'est un enfantillage. Vous verrez que *Le Contrat social* ne publiera rien parce qu'il n'y a rien à publier. (*Les reporters écrivent, il répète sa phrase en dictant.*) *Le Contrat social* ne publiera rien parce qu'il n'y a rien... J'ai confiance que vous direz tous, quelle que soit la nuance de votre politique, que, dans ma maison, il y a une sécurité absolue comme dans ma conscience.... comme dans ma conscience. Je suis attaqué, pour avoir toujours placé la République et le pays au-dessus des intérêts particuliers.... des intérêts particuliers. La presse le dira et réparera le mal qu'une feuille trompée a essayé de produire.... a essayé de produire.

LE DOMESTIQUE, *bas à Thuringe.*

La personne que monsieur attend, de la part de M. Legros, est en bas en voiture.

THURINGE, *à haute voix.*

Faites monter chez mon secrétaire. (*Aux reporters.*)

Je vous demande pardon de vous quitter, j'ai précisément quelques collègues à déjeuner... Au revoir, messieurs.

(Il leur serre la main à tous en les reconduisant. — Le secrétaire entre.)

LE SECRÉTAIRE, *très troublé.*

Il y a là quelqu'un qui se dit envoyé par M. Legros, mais je crois bien que c'est du *Contrat social.*

THURINGE

Il vient chercher le prix de son chantage. Bah! recevons le pauvre diable; mais n'en dites rien : on me taxerait de faiblesse.

(Le secrétaire sort. — Thuringe va jusqu'à la porte recevoir le nouveau venu.)

SCÈNE VII

THURINGE, FORESTIER, LE SECRÉTAIRE, MADAME THURINGE, LE DOMESTIQUE.

FORESTIER, *se présentant.*

Forestier, directeur du *Contrat social.*

THURINGE, *fort gracieux.*

Quel acharnement, monsieur Forestier, et pourquoi cette campagne contre un homme qui, jusqu'ici, n'a jamais eu le plaisir de vous rencontrer?

FORESTIER, *très calme, après un silence.*

C'est, en effet, la première fois que je vous vois, monsieur le député. Permettez-moi de vous regarder. J'ai la prétention de me connaître en physionomies.

THURINGE, *un peu déconcerté.*

Eh bien ?

FORESTIER

Vous êtes un faible, avec de grands dons de séduction ; un homme très brillant, très énergique en façade, mais, par derrière, il n'y a rien qu'un souci constant des beautés de la façade.

THURINGE

C'est la bonne aventure que vous me dites là, mon cher confrère, et peut-être avons-nous des choses plus sérieuses à nous dire.

FORESTIER

Votre mauvaise aventure? Nous vous la dirons demain.

(*Un silence.*)

THURINGE

Mon collègue Legros ne m'avait pas laissé espérer votre visite. Nous ne prétendions pas déranger le directeur du *Contrat social*, l'écrivain pour qui je professe une grande admiration... Je n'attendais qu'un de vos rédacteurs, celui-là qui mène contre moi cette campagne vraiment trop haineuse.

FORESTIER

Nous n'agissons pas les uns sans les autres. Cette campagne, je la connais. Précisément, j'ai désiré venir moi-même, dans l'espoir que vous auriez quelques éclaircissements à me donner sur cette fâcheuse lettre que nous possédons *à cet instant, Thuringe se lève et va s'assurer que personne n'écoute à la porte*), où certain industriel du Nord, en vous remerciant de votre intervention à la tribune, vous annonce un envoi de cent mille francs.

THURINGE

C'est faux !

FORESTIER

Pour contrôler le papier, nul moyen meilleur que de le soumettre à la discussion publique.

THURINGE

S'il était authentique, vous ne l'auriez que grâce à un vol.

FORESTIER

Laissons la question d'origine.

THURINGE

C'est un faux. Toutefois, si je puis éviter sa publication, j'y suis prêt pour écarter des malentendus.

FORESTIER

Quand le juif Deutz, qui pouvait livrer la retraite de la duchesse de Berry, pénétra chez M. Thiers, ce ministre lui dit : « Vous allez être très riche. » Deutz fut si ému que ses jambes tremblaient. — Qu'allez-vous m'offrir, à moi, qui me fasse le plaisir que l'argent donne... à tant d'autres ?

THURINGE

Vous avez tort, monsieur, si vous me rangez moi-même parmi ceux qu'enivre l'argent. J'aime le pouvoir et le maniement des hommes. L'argent, en soi, ne m'est pas agréable ; il n'est qu'une condition à laquelle les circonstances m'imposent de me plier. Si, à une heure quelconque, j'avais essayé de me procurer de l'argent, ç'aurait été parce qu'un homme politique doit faire face aux frais de sa candidature, parce qu'un chef de parti est en même temps le banquier de son parti, parce qu'un théoricien désire propager ses idées, leur assurer des concours et désarmer des oppositions, et enfin parce qu'un homme en vue doit vivre honorablement... En un mot, je ne suis pas plus un homme d'argent, que vous un homme de diffamation ; à vous ceci, comme à moi cela, sont des moyens, et ce moyen dont vous usez contre moi, vous-même, ne vous l'êtes-vous pas procuré par un vol ?

FORESTIER

Pardon ! en diffamant, comme vous dites, je rétablis la vérité, j'éclaire le pays.

THURINGE

Et moi, en achetant, je compose une majorité, je gouverne pour le bien du pays.

FORESTIER

Sincèrement, vous croyez que votre parti représente le bien du pays ?

THURINGE

Ne croyez-vous pas au vôtre ?

FORESTIER

Permettez, je ne suis ni de ce parti-ci, ni de celui-là....

THURINGE

Et duquel êtes-vous ?

FORESTIER

Comme disait Hérault de Séchelles, de celui qui se fout des deux autres.

THURINGE

Et vous l'appelez ?

FORESTIER

Le parti de demain.

(*Un silence.*)

THURINGE

Vous avouerez que je serais un sot si je ne m'occupais pas d'aujourd'hui.

(*Forestier sourit.*)

FORESTIER

Monsieur Thuringe, vous avez été professeur de philosophie... C'est un grand lien entre nous, car si vous vous êtes libéré de la philosophie par la politique, je puis dire, moi, que je me suis dégagé de la politique par la philosophie.

THURINGE

Il est fâcheux que nous ayons attendu aujourd'hui pour faire connaissance.

FORESTIER

C'est occasion, circonstance, comme toutes choses à Paris.

THURINGE

La circonstance est un peu pressante.

FORESTIER

Si elle l'était moins, notre mise en relation n'eût-elle pas été différée ?

THURINGE

Oui, mais nous risquons qu'elles soient courtes, nos relations, car, pour parler net, c'est au suicide que vous m'acculez.

FORESTIER

Bah ! on vous donnera du temps... Tenez, j'ai toujours été intéressé par une histoire de la Commune. Jecker, le fameux banquier qui avait été l'occasion de la campagne du Mexique, fut arrêté par le gouvernement insurrectionnel et condamné à mort. Quatre hommes, ayant été désignés pour l'exécuter, en chemin causaient avec lui. Il leur expliquait très lucidement et en détail les dessous de l'expédition du Mexique, et comment ce n'était pas une mauvaise idée. On devait le fusiller au haut de la butte Montmartre, où fut bâti, depuis, le Sacré-Cœur. A mi-chemin de la rue des Martyrs, il dit à ses compagnons : « Ecoutez, il fait très chaud, ça m'éreinte de monter là-haut, vous aussi, fusillez-moi ici. » Ils y consentirent.

Vous, au contraire, monsieur Thuringe, vous préférez monter la côte et retarder l'exécution. C'est prolonger une conversation pleine d'intérêt, et vraiment une bonne conversation à cœur ouvert vaut bien que l'on diffère l'instant qui vous est pénible.

THURINGE

Où voulez vous en venir?

FORESTIER

A une conversation ! Donnez-moi dix minutes de vos opinions intimes sur vos familiers. J'aime tant les aperçus d'un philosophe ! Et puis quoi ! ce sont les hasards de la guerre ; vous êtes mon prisonnier, je vous échange contre deux de vos amis. Livrez-moi deux gouvernementaux, je vous relâche.

THURINGE, *essayant de plaisanter.*

Quoique philosophe, je m'embarrasse de deux ou trois objections.

FORESTIER, *gravement.*

Sans doute, mais il faut les lever vite, car vous vous rappelez la note : « Demain nous publierons... » et si vous ne pouviez pas me procurer des petits papiers, nets et authentiques, sur deux de vos collègues de la majorité, c'est votre lettre que, demain matin, je devrais offrir au public.

THURINGE

Mais, livrer des amis.....

FORESTIER

Sont-ce des amis? On a tant abusé du mot, que la chose est dépréciée. Vous soutiendront-ils bien fort, ces amis, demain, quand nous aurons donné en facsimile votre papier?

THURINGE

Mais, à qui pensez-vous?

FORESTIER

Vous choisirez vous-même. D'ailleurs, que vous demande-t-on? Des documents originaux? Non pas! De simples photographies... Contre vous, au reste, je n'ai qu'une photographie.

THURINGE

J'aimerais mieux que vous eussiez l'original.

FORESTIER

Cela permettrait de vous débarrasser à jamais de la chose. Mais les photographies, c'est maintenant la coutume. Ah! le temps a bien marché depuis Robespierre qui, le premier, se composa une collection contre ses collègues. Voyons, de la vôtre, que m'offrez-vous ?

THURINGE, *réfléchissant.*

Le Barbier et Isidor...

FORESTIER

L'honneur de Le Barbier, l'honneur d'Isidor, voilà votre rançon? Avouez que c'est me payer en fausse monnaie... Enfin, montrez cela... De quoi s'agit-il?

THURINGE

Quand Le Barbier était garde des Sceaux, Isidor lui écrivit, pour qu'il obtînt, de son collègue de la Guerre, certains détails de la fabrication des explosifs, dont il voulait faire bénéficier une industrie où il est intéressé. J'ai les deux pièces : la lettre d'Isidor et la réponse qu'il reçut.

(*En parlant, il ouvre un coffre et d'une liasse tire deux documents.*)

FORESTIER

Très bien, très bien! (*Il lit.*) Et l'authenticité?

THURINGE

J'étais chef de cabinet du ministre Le Barbier.

FORESTIER

Parfait! Eh bien! nous sommes d'accord; je ne publierai pas votre lettre. Je perds un bon document d'intérêt privé, mais j'en trouve deux excellents d'intérêt public. En conscience, le pays y gagnera.... Quand livrez-vous?

THURINGE

Attendez. (*Il va à la porte.*) Jacques !

LE SECRÉTAIRE

Monsieur?

THURINGE

Votre ami, le peintre, pourrait-il venir de suite me photographier quelques pièces ?

LE SECRÉTAIRE

Oui.

THURINGE

Prévenez-le. (*A Forestier.*) Nous sommes d'accord en principe. Si je me décide, je remettrai l'enveloppe à votre rédacteur à la Chambre.

FORESTIER

(*Il se lève, prend son chapeau, paraît sortir, puis regarde Thuringe.*)

Alors vous n'êtes pas complètement décidé ?

THURINGE

Il est onze heures, je demande un délai jusqu'à trois heures.

FORESTIER

Notre petit troc vous ennuie ? Dame, c'est moins agréable que de faire un acte de vertu. Et pourtant c'en est un, vous débarrassez le pays de deux pas grand'chose.

THURINGE, *distrait.*

C'est vrai. Ces gens-là font bien du mal à la République. (*Avouant sa pensée.*) De qui tenez-vous ce papier ?

FORESTIER

Je ne puis vous le dire.

THURINGE

Mais enfin, est-ce quelqu'un qui m'attaquera ailleurs?

FORESTIER

Je vous le répète, j'ai une photographie : si nous nous entendons, *Le Contrat social* ne la publiera pas et, entre nous, c'est un armistice.

THURINGE, *comme se parlant à soi-même.*

Il reste par derrière un nuage terrible, mais je gagne toujours vingt-quatre heures.

FORESTIER

Le temps de bavarder un peu en montant la côte : ce que Jecker a dédaigné.

MADAME THURINGE, *entre un instant.*

Je te croyais seul.

(Elle sort.)

THURINGE

Permettez-moi de vous présenter à madame Thuringe ?

FORESTIER

Non, cher monsieur. Vous m'avez fait connaître deux de vos amis et cela crée entre nous un lien d'affaire; mais si j'avais l'honneur d'être présenté à madame Thuringe, je me tiendrais alors lié à vous par quelque chose de plus, et il ne fait pas bon être de vos amis.

THURINGE

Des collègues, monsieur, ne sont pas des amis, mais toujours des concurrents.

FORESTIER

J'ai l'honneur de vous saluer.

THURINGE, *le reconduisant.*

Enchanté d'avoir fait votre connaissance.

SCÈNE VIII

THURINGE, MADAME THURINGE, LE DOMESTIQUE.

MADAME THURINGE, *rentrant.*

Qui était-ce donc?

THURINGE

Forestier.

MADAME THURINGE

Ah! cher ami, comme tu es bon de recevoir ces gens-là... Je venais te dire que Le Barbier et Isidor se décommandent; ils ne déjeunent pas, et j'en suis fâchée; ces bons amis auraient un peu assaini l'atmosphère.

(*Elle sort.*)

THURINGE

Ah! vraiment, ils se décommandent... Ils ont tort de faire cela, juste dans le moment où j'aurais le plus besoin de me convaincre que, placés dans le danger où je suis, ils ne me sacrifieraient pas! et voilà qu'ils me témoignent que, même sans danger pour eux, ils s'écartent. Allons, allons, je crois que *Le Contrat social* a plus avancé mes affaires qu'il n'y a nui. Le Barbier et Isidor écrasés, moi intact, je deviens l'indispensable... Ministre! Et alors ce sera le diable si je ne fais pas taire ces amateurs de scandale.

LE DOMESTIQUE

Voici le photographe.

THURINGE, *hésite un long moment.*

Faites entrer... Dites qu'on attelle à deux heures, pour la Chambre... le coupé.

LE DOMESTIQUE

Monsieur sait qu'il fait beau; on pourrait atteler la voiture découverte.

THURINGE, *regardant chez Gaudechart.*

Non, le coupé. Le temps n'est pas encore très sûr!

(*RIDEAU.*)

ACTE DEUXIÈME

AU PALAIS-BOURBON. — Le salon de la Paix, vers trois heures de l'après-midi, un jour de grande séance. Des tables à tapis vert où écrivent des journalistes. La belle Minerve de bronze.

Des informateurs, des reporters, des députés circulent, se croisent, fument, potinent et lisent des journaux.

Deux portes entr'autres, l'une menant au quai d'Orsay, la seconde ouvrant sur la partie du Palais-Bourbon réservée aux seuls députés.

SCÈNE PREMIÈRE

PREMIER JOURNALISTE, UN CARICATURISTE, DEUXIÈME JOURNALISTE, LE DÉPUTÉ QUI INTERPELLERA, UN SECOND DÉPUTÉ, TROISIÈME JOURNALISTE, REPORTERS, DÉPUTÉS, HUISSIERS.

PREMIER JOURNALISTE

Tiens, vous ici ! notre célèbre caricaturiste dans le salon de la Paix ! Messieurs, un homme d'esprit au Palais-Bourbon.

LE CARICARURISTE

Oui, mon cher journaliste, je suis venu prendre la tête de Thuringe !

PREMIER JOURNALISTE

Il y a cinq minutes, on le huait sur le quai. Dans un instant vous l'entendrez huer ici. Il reprend haleine sous prétexte d'installer sa femme dans une tribune de la salle des séances.

LE CARICATURISTE

Elle est jolie, sa femme ! un gentil petit corps et une petite âme très fine. Pourquoi a-t-elle quitté Gaudechart qui tout de même ramasse autrement d'argent que Thuringe, et, plus balourd, n'est pas plus pourri.

PREMIER JOURNALISTE

Ajoutez que Gaudechart leur jouera un vilain tour.

LE CARICATURISTE

Voilà, elle a de l'âme, une façon de noblesse intime! il lui fallait sans doute un grand homme.

PREMIER JOURNALISTE

Thuringe, un grand homme!

LE CARICATURISTE

Eussent-elles les âmes les plus nobles, les femmes sont toutes comme Henri III avec le duc de Guise, elles trouvent toujours grand un homme couché.

PREMIER JOURNALISTE

Ça, c'est l'amour! Mais en politique un homme à terre est bien petit.

DEUXIÈME JOURNALISTE, *au caricaturiste.*

Vous permettez, monsieur, que je prenne votre mot!

LE CARICATURISTE, *plaisantant.*

Dans ce vestibule, on ne vole que les mots, comme les parapluies dans l'antichambre des banquiers.

PREMIER JOURNALISTE

Oui, mais nous donnons au public quelque chose en échange.

LE CARICATURISTE

Du papier?

PREMIER JOURNALISTE

Des opinions.

LE CARICATURISTE

C'est juste, vous en fabriquez pour tous les tempéraments et pour toute la France.

PREMIER JOURNALISTE

C'est d'ici que Thuringe sortira honorable ou méprisable, et par notre décision.

(*Le deuxième journaliste les quitte précipitamment pour aborder le député qui interpellera.*)

DEUXIÈME JOURNALISTE

Monsieur le député, vous interpellez ?

LE DÉPUTÉ QUI INTERPELLERA

Oui, sur les mesures que le Gouvernement compte prendre pour faire respecter la Chambre par les journaux.

TROISIÈME JOURNALISTE

Coup droit à Thuringe !

UN DÉPUTÉ

Le Gouvernement n'a pas à intervenir.

LE DÉPUTÉ QUI INTERPELLERA

Sans doute, mon cher collègue, mais nous donnerons satisfaction à l'opinion publique.

AUTRE JOURNALISTE

C'est tendre la perche à Thuringe pour l'assommer.

LE DÉPUTÉ QUI INTERPELLERA

Mais non.

LE MÊME JOURNALISTE

Sous prétexte de faciliter la défense, vous mettez l'accusation au *Journal officiel*. C'est de l'ironie — et d'ailleurs qui amusera beaucoup de personnes.

LE DÉPUTÉ QUI INTERPELLERA, *flatté.*

Peut-être, en effet, les circonstances ne lui sont-elles pas favorables.

LE MÊME JOURNALISTE

La majorité n'a qu'une chose à faire, c'est de le débarquer.

(*Tous les reporters écrivent sur leur carnet.*)

LE DÉPUTÉ QUI INTERPELLERA, *bas au journaliste.*

A votre avis, Thuringe a l'opinion contre lui.

LE MÊME JOURNALISTE, *de même.*

Oui, car derrière tout cela, j'entrevois un gros meneur... beaucoup d'argent.

LE DÉPUTÉ QUI INTERPELLERA, *toujours bas.*

Pas un mot, n'est-ce pas? C'est à l'ami, non au journaliste que je parle.

LE MÊME JOURNALISTE

Parfaitement, mon cher député; d'ailleurs, moi aussi je suis lié avec Thuringe.

(*Une poussée vers la porte. Quelques cris, des rires, des chuchotements* : Le voilà! Le voilà! — (*Thuringe apparaît*).

SCÈNE II

LES MÊMES, THURINGE, LEGROS, UN RÉDACTEUR « *du Contrat social.* »

LE CARICATURISTE

Avec qui est-il ?

UN JOURNALISTE

Il est au bras de Legros, son collègue d'Anjou.

(*A l'entrée de la salle, Thuringe s'arrête et regarde.*)

LE CARICATURISTE

Il a de la tenue !.... C'est superbe, ces yeux d'exalté dans ce bonhomme glacé !

THURINGE, *à Legros, bas.*

Vois-tu quelqu'un, Legros, avec qui je puisse causer ?

LEGROS

Je vais chercher.

THURINGE

Ne me quitte pas, Legros, faisons les cent pas.

(*Les reporters se pressent autour de lui. Thuringe se promène de long en large au bras de Legros. Il donne de rares poignées de mains et répète :* « Il y a une erreur, une très fâcheuse erreur. » — « C'est insignifiant. » — « Je m'expliquerai à la tribune. » (*Tous le regardent. C'est un « lâchage » qui commence.*)

UN JOURNALISTE, *au rédacteur du « Contrat social ».*

Vous devez être contents, vous autres du *Contrat social.*

LE RÉDACTEUR DU « CONTRAT SOCIAL »

Écœurés surtout de la lâcheté de ses amis. Rien que des reporters, pas un collègue pour lui serrer la main en public ! Je regarde et j'attends.

LE CARICATURISTE, *s'approchant.*

Quel est donc ce gaillard-là avec des cigares et son revolver ?

(*Il désigne Isidor qui demeure debout dans le cadre de la porte menant du salon de la Paix à la salle des séances.*)

UN JOURNALISTE

C'est cette bonne fille d'Isidor, un député célèbre ici. Dans cette maison il tient l'emploi de bonne à tout faire, et dehors il fait la fête comme une bonne sans place.

LE RÉDACTEUR DU « CONTRAT SOCIAL » *désignant Le Barbier qui apparaît, venant du quai d'Orsay.*

Tenez, voici le pire ! Vous, un artiste, regardez-moi ces mouvements-là, le glissement du corps, la main épaisse, la paupière lourde : c'est Le Barbier, l'ancien ministre, l'extrait triple de légiste, de financier et de parlementaire.

LE CARICATURISTE, *prenant un croquis.*

Voilà, en effet, de curieux échantillons.

LE RÉDACTEUR DU « CONTRAT SOCIAL »

Oh! la ménagerie est belle et vous la visitez un bon jour, car peut-être allez-vous les voir manger l'un des leurs.

SCENE III

LES MÊMES, LE BARBIER, ISIDOR.

(*Le Barbier, entré de la rue, aperçoit Thuringe et se détourne d'une façon sensible. Isidor, quittant son poste de surveillance, vient à lui et malicieusement le retient par le bras.*)

ISIDOR

Bonjour, mon cher Le Barbier

LE BARBIER

Bonjour, Isidor.

ISIDOR

Vous avez fait un bon déjeuner chez Thuringe?

LE BARBIER

Non, j'ai été retenu par des affaires imprévues.

ISIDOR, *facétieux.*

Moi, par un électeur de province.

(Ils rient en se regardant.)

LE BARBIER, *penché à l'oreille d'Isidor.*

J'aurais craint d'abuser de la situation pour entendre des indiscrétions... Les gens qui sentent le mieux les inconvénients des petites histoires ébruitées ont toujours la manie de parler des histoires des autres.

(Ils rient encore.)

THURINGE, *bas à Legros.*

Va donc voir ce que raconte Le Barbier à Isidor.

LE BARBIER, *à Isidor.*

Voici Legros, je file.

(Isidor, en bouffonnant, essaye de retenir Le Barbier qui rentre dans l'enceinte des députés.)

ISIDOR, *tapant sur le ventre de Legros.*

Eh bien! mon vieux Legros, voilà bien du tapage pour un méchant entrefilet!

LEGROS

C'est une indignité! un vrai républicain victime des jésuites et des sans-patrie. Ah! le pape doit bien rire! Isidor, vous, un homme sérieux, un républicain d'affaires, pouvez-vous admettre que nous, la majorité, nous lâchions Thuringe. dans une circonstance où chacun de nous demain peut se trouver?

ISIDOR

Veux-tu un cigare, vieux frère?

LEGROS

Vous n'allez pas débarquer un ami ?

ISIDOR

Il y aura toujours un cigare pour lui.

LEGROS

Tu m'embêtes avec tes cigares.

ISIDOR

Tu as tort, tu n'es pas parlementaire, car ceci (*il montre ses cigares*), et puis cela (*il montre son revolver*), c'est tout le parlementarisme... Douceur et violence ! Dans les deux cas, une petite fumée qui voile tout. Lui, il ne fume jamais et il ne prendra son revolver que pour se faire sauter la cervelle. Ce n'est pas politique.... Dis à Thuringe qu'il se tire d'affaire lui-même et que tout le monde en sera enchanté.

LEGROS

Enfin viens le voir, il est vraiment crâne. (*Il désigne Thuringe qui, durant toute cette scène, est immobile, les bras croisés, adossé au socle d'une très noble Minerve en bronze.*)

ISIDOR

Lui, crâne! je te dis que c'est un poltron. Ah ! sans doute, se tenir quand on le regarde ! monter à la tribune, il fera tout cela, tant il est vaniteux ! mais l'incertitude l'épouvante. Ah ! tu trouves que c'est brave de courir à un danger ! Dans une assemblée, se lever et dire : « Qui m'accuse ? » te paraît admirable ! Cela n'est pas de la bravoure ; la vraie bravoure, c'est de ne pas comprendre les chuchotements, de ne rien entendre, de laisser venir ; la vraie bravoure, c'est la résistance. Ah! si j'avais l'éloquence, la langue de cet animal-là avec mon estomac et mon poignet. Tiens! regarde ces cartons. (*Il lui montre des cartons de tir. Apercevant Thuringe qui vient à eux.*) Le voilà qui te cherche! Je file.

(*Il s'éloigne en bouffonnant, au bras d'un journaliste. Le tumulte hostile grossit.*)

LEGROS, *à Thuringe.*

Ça va mal, entrons plutôt en séance.

SCÈNE IV

LES MÊMES, UN DÉPUTÉ DE L'OPPOSITION; UN AUTRE DÉPUTÉ DE L'OPPOSITION.

(*Legros et Thuringe, près d'entrer en séance, s'arrêtent, car dans un groupe un député s'écrie :*)

UN DÉPUTÉ *de l'opposition*

Moi, je vous dis que c'est une canaille!

UN JOURNALISTE

Sa femme est dans les tribunes avec son fils.

LE MÊME DÉPUTÉ

Son fils! Le fils de Gaudechart? Eh bien! qu'il redise à son vrai père ce qui se passe ici, il lui fera plaisir.

UN AUTRE DÉPUTÉ *de l'opposition*

Allons, mon cher collègue, du calme!

LE PREMIER DÉPUTÉ *de l'opposition*

J'admets toutes les opinions, mais pas les voleurs!

(On s'est amassé.)

DES VOIX

Il a raison!

LEGROS, *congestionné.*

Non, à la porte!

LE PREMIER DÉPUTÉ *de l'opposition, très excité.*

A Mazas! A Mazas!

(On se précipite. Les huissiers interviennent. Thuringe très pâle a sur ses deux épaules les mains de Legros qui semble l'arrêter et en même temps le protéger.)

THURINGE, *bas à Legros*

Remets ce pli au rédacteur du *Contrat social.*

LEGROS

Qu'est-ce?

THURINGE

Remets ce pli.

ISIDOR, *à un voisin.*

Les cris de cet énergumène valent mieux pour Thuringe que le plus beau discours. De telles violences le rendront sympathique aux indifférents.

LEGROS, *bas au rédacteur du « Contrat social ».*

De la part de Thuringe.

LE RÉDACTEUR DU « CONTRAT SOCIAL », *à Legros, du même ton.*

Je suis prévenu. Dites à Thuringe que je me charge de mes amis. A vous de rallier les siens. (*A haute voix à ceux qui l'entourent.*) Je comprends le sentiment de notre ami de l'opposition qui criait : « A Mazas! » mais il va refaire l'union de la majorité autour des chéquards...

TOUS, *se pressant.*

Que dit-il? C'est un rédacteur du *Contrat social.*

LE RÉDACTEUR DU « CONTRAT SOCIAL », *continuant.*

... Ce n'est pas d'humilier Thuringe qui est l'important, c'est de venir à bout de ce monde-là. Ne les acculons pas, laissons-les suspects et inquiets. Injurier un homme, c'est le forcer à avoir du cœur, de l'énergie, c'est peut-être aussi rapprocher de lui ses amis. La campagne du *Contrat social* n'est pas mauvaise, n'est-ce pas? Eh bien! ne la contrariez pas, attendez...

TOUS

Peut-être a-t-il raison.

ISIDOR, *à part.*

Tiens, voilà que ça tourne. (*A Legros.*) Attends, mon vieux Legros, tu vas voir si je sais travailler la pâte parlementaire!

LE RÉDACTEUR DU « CONTRAT SOCIAL », *continuant.*

... D'ailleurs, est-il sûr que le *Contrat social* ait visé Thuringe? Forestier seul le sait. Notre ami avec son : « Mazas! Mazas! » est étonnant. Il nous engage à fond comme s'il savait tout. En réalité, il ne sait rien; donc, il est fort possible qu'il se trompe. Grâce à lui, nous pourrions paraître des calomniateurs.

UN JOURNALISTE, *à ceux qui n'ont pas entendu.*

Il dit n'être pas sûr que Thuringe soit en cause. (*Emotion qui se répercute dans la salle.*)

ISIDOR, *dans un autre coin, continue un discours dont on n'a pas entendu les premiers mots.*

... Ah! certes notre collègue avait raison quand il disait : « C'est une question d'honnêteté. » Mais alors qu'on n'y mêle pas de politique. Crier : « Mazas! Mazas! » sans entendre l'accusé, c'est de la politique, non de la justice. Dans l'intérêt des adversaires et pour qu'on ne les soupçonne pas de calomnie, par équité envers Thuringe, par respect pour l'honneur de la Chambre, nous devons écouter notre collègue avant de le condamner — et, ma foi, il n'a pas l'air d'avoir peur.

UN JOURNALISTE, *dans le groupe.*

Le rédacteur du *Contrat social* a déclaré qu'il ne s'agissait pas de Thuringe.

UN AUTRE

Mais, bien sûr, il ne s'agit de rien du tout.

LE DÉPUTÉ QUI INTERPELLERA

C'est pour éviter que de telles suspicions se prolongent, c'est pour permettre à Thuringe d'en faire justice que j'ai déposé mon interpellation.

ISIDOR

Vous feriez mieux de la retirer, mon cher collègue.

TOUS

Oui, retirez-la.

LE DÉPUTÉ QUI INTERPELLERA

Si c'est l'opinion unanime...

THURINGE, *s'avançant.*

Je vous serais obligé, mon cher collègue, de la maintenir, et j'y répondrai nettement.

(Étonnement. Bravos.)

UN DÉPUTÉ, *sort de la salle et dit au député qui interpellera :*

Le Président va lire votre demande d'interpellation.

ISIDOR

Entrons tous l'appuyer.

TOUS

Entrons...

LEGROS

Parle-leur bien, Thuringe !

THURINGE

N'aie pas peur. Si pour dominer une assemblée, il suffit de la mépriser...

Les députés entrent en séance; les journalistes montent dans la tribune parlementaire.)

SCÈNE V

LE CARICATURISTE, QUELQUES REPORTERS, TROIS DÉPUTÉS.

(Quelques reporters et le caricaturiste restent seuls dans la salle.)

UN JOURNALISTE

On commençait à s'amuser et puis, paf! le scandale se dissipe.

LE CARICATURISTE

Mais enfin, que s'est-il passé? Thuringe est donc un honnête homme?

LE JOURNALISTE

Ce n'est pas la question. Sous un même dessin, ne vous arrive-t-il pas d'essayer successivement plusieurs légendes? Eh bien! Thuringe, c'est toujours le même bonhomme, mais on n'est pas encore fixé sur la légende à lui donner.

LE CARICATURISTE

Sans doute, mais, par tâtonnements, je trouve la légende définitive et je m'y tiens.

LE JOURNALISTE

Nous, pas! C'est l'affaire des historiens, s'ils le peuvent, de choisir dans la suite une version définitive entre trente-six que nous leur proposons. (*A un député qui sort de la salle des séances en tenant à la main un bulletin adressé par un électeur.*) Quoi de nouveau?

LE DÉPUTÉ

L'interpellateur a été très bref. Thuringe vient de monter à la tribune au milieu d'un silence effrayant; il fait un très bel appel à la Presse, messieurs les journalistes; il dit qu'il ne soupçonne la bonne foi d'aucun de ses adversaires, mais qu'il les conjure de vérifier les sources où leur excusable emportement va prendre ses armes.

UN HUISSIER, *au député.*

La personne qui a demandé monsieur le Député insiste pour avoir une place.

LE DÉPUTÉ

Les tribunes sont bondées! Enfin j'y vais, j'y vais.

(*Il sort.*)

AUTRE DÉPUTÉ, *qui sort de la séance.*

L'incident a été très émouvant. Thuringe affirmait que parmi ses compatriotes, nul ne douterait jamais de lui. Legros s'est levé et a déclaré : « Toujours sur eux vous pourrez compter. »

(*Les uns rient, les autres approuvent.*)

TROISIÈME DÉPUTÉ, *survenant.*

C'est tendu! La Chambre est houleuse. Thuringe déclare que si la majorité semblait admettre de telles accusations, elle encouragerait les calomnies systématiques, découragerait la confiance populaire et que, dès lors, les hommes jusqu'alors les plus intacts devraient s'attendre à recevoir de cette boue au visage.

UN JOURNALISTE

La menace est nette!

LE DÉPUTÉ

Maladroite, surtout! S'il se met en guerre avec la majorité, il n'y gagnera pas une voix de l'opposition et se trouvera pris entre les deux.

(*A cet instant, les portes donnant sur la salle des séances s'ouvrent avec fracas. Une foule de députés rentrent dans le salon de la Paix.*)

PREMIER DÉPUTÉ

Il a été admirable!

DEUXIÈME DÉPUTÉ

C'est un immense succès!

TROISIÈME DÉPUTÉ

Ce qui a été décisif, c'est son affirmation finale : « Quant à moi, jamais je ne me prêterai à de semblables agissements, parce que je sais trop ce qu'en peut souffrir un honnête homme. »

TOUS

C'est un maître, un orateur, mieux que cela : un caractère!

SCÈNE VI

LES MÊMES; THURINGE, LEGROS, L'AGENT DE LA PRÉFECTURE

Le voici ! Vive Thuringe !

(Thuringe paraît au bras de Legros qui pleure d'attendrissement. On leur serre les mains à tous deux. Le Barbier et Isidor se font remarquer par leur empressement. Les journalistes l'entourent et prennent note de ses paroles. L'agent de la Préfecture s'approche de lui.)

L'AGENT

Monsieur le député me reconnaît? Je suis allé chez lui ce matin.

THURINGE, *très sec.*

Qu'y a-t-il?

L'AGENT

Je sais d'où vient ce faux document.

THURINGE, *très haut.*

Il n'y a ni document, ni faux document, il n'y a rien.

L'AGENT

Permettez-moi, monsieur le Député, c'était une vengeance personnelle, donc méprisable.

LEGROS

Thuringe, ta femme t'appelle.

THURINGE, *bas à l'agent.*

Et de qui ?

L'AGENT

De Monsieur Gaudechart.

THURINGE

Gaudechart ! (*A part.*) Je suis perdu !

(*Les félicitations continuent* : « Triomphe éclatant! Indigne calomnie ! »)

(Une façon de défilé s'est organisé pour lui serrer la main, comme dans une sacristie, Legros, Isidor, Le Barbier, faisant figure de famille.)

LEGROS

Viens donc, Madame Thuringe t'attend.

THURINGE, *à part.*

Gaudechart ! Qu'importe dès lors le silence du *Contrat social ?* Gaudechart me tient dans sa main !

SCÈNE VII

LES MÊMES, MADAME THURINGE, LE SECOND DÉPUTÉ *de l'Opposition*

MADAME THURINGE

Mon cher ami, que tu étais beau, admirable ! Et vous aussi, monsieur Legros, si généreux... Je t'aime tant pour ton honneur!

THURINGE

Petite fille ! Quand on aime, on aime jusqu'au delà de l'honneur !

MADAME THURINGE

Oh ! ce n'est pas toi qui dis cela. Au delà de l'honneur, il n'y a qu'à mourir.

LE DEUXIÈME DÉPUTÉ *de l'Opposition, s'avançant.*

Madame, voulez-vous me permettre de dire deux mots à Monsieur Thuringe.

(*Madame Thuringe s'écarte. Le caricaturiste vient la saluer.*)

LE DEUXIÈME DÉPUTÉ *de l'Opposition, à Thuringe.*

Mon cher collègue, je ne suis pas de vos amis politiques, je siège à droite. Mais, à de certains moments, il n'y a que deux partis en France...

THURINGE

Les honnêtes gens et les autres...

LE DÉPUTÉ *de l'Opposition.*

Non pas! Ceux qui possèdent et les ennemis de la société. C'est à ces derniers seuls que profiterait le triomphe de vos adversaires. Or, je sais de source certaine que *L'Etoile Blanche* recevra ce soir de Monsieur Gaudechart un papier soi-disant accablant pour vous. J'ignore ce que vaut cette pièce, mais voyez et avisez.

THURINGE, *avec effort.*

Merci, mille fois merci, mon cher collègue. *(Il revient à sa femme et lui dit)* Je te quitte, je vais à l'Elysée.

ACTE TROISIEME

A huit heures du soir, le cabinet de travail qu'on a vu au premier acte.

SCÈNE PREMIÈRE

MONSIEUR ET MADAME THURINGE, sortent de table.

THURINGE, *au domestique.*

Donnez une troisième tasse pour M. Legros. (*A sa femme.*) J'ai laissé Legros à l'Élysée, mais il doit venir ici, après son dîner. (*Le domestique sert, puis se retire.*)

MADAME THURINGE

Enfin tu n'es pas bavard sur cette visite à l'Élysée. Que t'a dit le Président ?

THURINGE

Toujours très correct !... C'était convenable à moi de le visiter après ces incidents, et je suis fort aise de ma démarche... Ah ! quand je l'ai quitté, il m'a dit : « Assurez Madame Thuringe de la part vive que j'ai prise à son angoisse dans cette affreuse journée... » Tu l'as beaucoup connu, le Président ?

MADAME THURINGE

Oui.

THURINGE

Il était très lié avec Gaudechart, jadis?

MADAME THURINGE

Oui.

THURINGE

Il a rendu de grands services à Gaudechart, n'est-ce pas ?

MADAME THURINGE

Oui, très grands.

THURINGE

En somme Gaudechart ne peut rien lui refuser ?

MADAME THURINGE

Rien du tout.

THURINGE

D'autant que Gaudechart court toujours après une décoration quelconque.

MADAME THURINGE, *un peu froissée.*

Mais qu'est-ce que ça te fait, Gaudechart ? Tu sais bien que je n'aime pas à parler de lui... (*Elle l'embrasse.*) Il est très joli, ce vieux monsieur avec qui tu causais quand je t'ai rejoint à la Chambre; j'aime les cheveux blancs, — surtout chez une jeune femme. J'avais pensé à me faire teindre une mèche en blanc, ce serait ravissant, mais une cocotte avait cela, alors il n'y a plus moyen.

THURINGE, *cédant à ses pensées.*

Oui, des cheveux blancs! Il y a des moments où je

voudrais que nous fussions des vieillards tous les deux! notre amour toujours aussi vif aurait un passé plutôt qu'un avenir et, du moins, rien ne peut modifier les choses passées.

MADAME THURINGE

Comme la fatigue t'attriste! En sortant de la Chambre, moi, je suis allée chez la couturière. Les petites, pas les essayeuses, ni les vendeuses, mais celles qui sont là pour les commissions, venaient tour à tour me regarder, m'admirer, et l'essayeuse leur disait : « Mesdemoiselles, vous me remerciez, n'est-ce pas, de vous laisser voir Madame. » Et toi tu voudrais que je fusse laide, vieille?... Tu ne souris pas? Mes histoires t'ennuient? La politique te vole encore à moi. (*Elle se met à genoux devant lui.*)

THURINGE

Ce Gaudechart! Pourquoi je parle souvent de lui? Parce que toujours je rencontre son intrigue autour de moi! C'est lui qui devait livrer au *Contrat social* un faux document : il veut me déshonorer pour se venger de notre amour. Jure-moi qu'en aucun cas, tu n'auras pour lui autre chose que du dégoût et de la haine. Jure-moi qu'alors même qu'il aurait raison devant tout le monde, toi, tu ne douterais pas de moi.

MADAME THURINGE

Grand enfant, que tu as la fièvre! Comment pourrait-il quelque chose contre toi, puisque tu n'as rien à te reprocher?

THURINGE

On a vu des exemples.

MADAME THURINGE

Bah! avoue que, pour des députés gouvernementaux, les tribunaux sont plus tentés de les acquitter coupables que de les condamner innocents.

THURINGE

Mais enfin si nos adversaires semblaient triompher?

MADAME THURINGE

As-tu le droit de douter de ma fermeté? Quand tous t'accuseraient, je saurais bien examiner les choses, les débrouiller et les juger; et, aussi vrai que j'ai abandonné Gaudechart puissant mais que je savais malhonnête, je serais fidèle dans l'adversité à l'honnête homme vaincu. Ton honnêteté, ta loyauté, mais c'est l'excuse de cette démarche toujours grave pour une femme de se donner deux fois dans sa vie. Une première fois, je m'étais trompée; dans ton atmosphère seulement je vis. Je t'aime parce que tu es incorruptible, loyal, généreux et franc, tel enfin que je t'ai vu aujourd'hui encore, et je me refuse à envisager l'hypothèse que tu me proposes d'un Thuringe sans honneur : je ne connais pas cet homme-là! Mon ami, c'est celui qui parle sans crainte et avec un ton sublime de sa vertu et qui m'a fait pleurer d'orgueil aujourd'hui à la Chambre.

THURINGE

Grâce à Dieu, tout est terminé et n'est plus qu'un cauchemar qui s'efface.

SCÈNE II

LES MÊMES, LEGROS

LE DOMESTIQUE

Monsieur Legros.

(*Legros marche rapidement à Thuringe. Il s'arrête gêné en voyant Madame Thuringe.*)

MADAME THURINGE

Jean, le café doit être froid; vous en monterez pour monsieur Legros.

LEGROS

Merci, madame, je n'en prendrai pas; je n'ai pas dîné, je sors seulement de l'Élysée.

THURINGE, *très inquiet.*

Seulement? Il y a du nouveau?

LEGROS

Oui. (*Il s'arrête en regardant Madame Thuringe.*)

MADAME THURINGE

Je vais vous laisser à vos affaires; mais songez, monsieur Legros, qu'il est fatigué, énervé... Comme il a été merveilleux à la Chambre, n'est-ce pas? Dans les tribunes autour de moi, avant qu'il parlât, des indignes, des rien du tout le prétendaient perdu. Mais quand il a commencé, tous ont vu la vérité et beaucoup étaient très émus. Je suis contente d'avoir insisté pour qu'il me conduisît à cette séance... (*Thuringe, dans son impatience, casse une règle qu'il a prise sur son bureau. Elle s'en aperçoit.*) Ces gens-là te tueront, mon pauvre ami. (*Elle lui met un instant la main sur le front, et sort.*)

SCÈNE III

THURINGE, LEGROS

THURINGE, *attirant Legros et tout bas.*

Qu'y a-t-il? Le Président m'avait promis qu'il convoquerait Gaudechart sur l'instant.

LEGROS

Gaudechart est venu à l'Elysée.

THURINGE

Alors, l'affaire est conclue! J'ai dit au Président: « J'ai fait une faute ». Je lui ai avoué l'essentiel. Il a bien compris que c'était son intérêt d'éviter une crise, et il m'a promis de peser sur Gaudechart. Celui-ci ne peut rien lui refuser. Quel obstacle a surgi ? Parle.

LEGROS

Tu m'interromps toujours. — Quand tu as quitté l'Elysée... — et j'admire ton idée audacieuse de confession, — j'y suis resté, selon ton désir, afin de te rapporter le résultat de l'entrevue de Gaudechart. A peine celui-ci sorti du cabinet, le Président me faisait appeler ; il m'a dit textuellement.....

THURINGE

Parle, parle.

LEGROS

..... « J'aurais été heureux d'étouffer le scandale dans lequel monsieur Thuringe est compromis, mais il prend des proportions plus graves que nous ne croyions tout d'abord : les noms de personnages considérables vont être mêlés à cette affaire..... »

THURINGE

Le Barbier et Isidor! Et puis après?

LEGROS

Tiens, c'est Le Barbier et Isidor! Le Président ne paraît pas le savoir. Comment l'as-tu appris?

THURINGE

Nous n'allons pas nous occuper d'eux, n'est-ce pas? Continue.

LEGROS

Ah! mais si, voilà l'essentiel! Tu connais cette nouvelle campagne, dès lors tout pourra s'arranger. En effet, le Président s'est résumé comme il suit : « *Le Contrat social* a commencé une campagne calomnieuse contre monsieur Thuringe. Ce journal a dû l'interrompre, j'en suis aise, mais je ne pourrais accepter qu'à ses premières insinuations on substituât des attaques contre d'autres hommes. Dites à Monsieur Thuringe, qu'il faut qu'aucun nom ne soit prononcé. Tel est son intérêt et l'intérêt général de l'Etat. Monsieur le Préfet de police est en mesure de savoir ce qui se passe à l'imprimerie du *Contrat social*, et si toute polémique de cet ordre est abandonnée dans le numéro préparé ce soir, je réponds que M. Gaudechart arrêtera, lui aussi, sa campagne contre M. Thuringe. »

THURINGE, *atterré*.

Voilà ce qu'il a dit ? Que faire ?

LEGROS, *riant*.

Laisser tranquilles Le Barbier et Isidor.

THURINGE

Mais qu'y puis-je ?

LEGROS

Allons, voyons, tu t'es piqué de leur relative froideur ce matin ; tu as voulu te venger ; c'était tentant, quoique un peu féroce, mais laisse cela et embrassons-nous tous.

THURINGE

Mais je ne peux pas, malheureux !

LEGROS

Tu ne vas pas nous noyer tous les deux, n'est-ce pas ? C'est bien simple, si tu ne les tires pas d'affaire immédiatement, tu es perdu, et moi aussi.

THURINGE

Mais je ne peux pas!

LEGROS, *se congestionnant.*

Perdus! moi, comme ton ami, toi comme chéquard et traître.

THURINGE

Pas de gros mots, Legros! Tu bénéficiais plus que moi du journal où j'ai mis l'argent et tu n'ignorais pas sa provenance. Quant aux papiers sur Le Barbier et Isidor, c'est toi qui les as remis cette après-midi à quatre heures au rédacteur du *Contrat social*, comme c'est toi, qui, ce matin, m'as amené Forestier. (*Stupeur mêlée d'admiration de Legros.*) Crois-tu que je me laisse renier et étrangler. Pauvre petit hâbleur des cafés d'Angers! Je t'en ai fait sortir pour t'attacher à moi dans la bonne, mais aussi dans la mauvaise fortune.

LEGROS

Thuringe, il est neuf heures passées! à onze heures et demie *Le Contrat social* met sous presse.

THURINGE

C'est juste! examinons la situation. Ce matin, je nous ai tirés d'affaire en prenant pour remplaçants Le Barbier et Isidor, qui, d'ailleurs, dans le même cas, n'eussent pas agi autrement. Maintenant, si je veux les retirer des mâchoires de Forestier, il ne les lâchera pas, et, s'il les lâchait, ce serait pour m'empoigner de nouveau. C'est un fanatique, bien qu'il ait des formes, et qui lui-même s'est engagé devant ses lecteurs : demain matin, il leur faut une proie.

LEGROS

Rien à faire avec Forestier.

THURINGE

C'est sur *L'Etoile Blanche* qu'il faut agir.

LEGROS

L'Etoile Blanche! C'est une feuille toute vénale entre les mains de Gaudechart. Est-ce à toi qu'il faut apprendre cela? Et puis, la fermerais-tu à Gaudechart qu'il distribuerait à toute la presse et aux agences et à domicile le document photographié.

THURINGE

Alors, c'est au Président de museler cet enragé!

LEGROS

Le Président me l'a dit expressément tout à l'heure et je te l'ai répété : il n'interviendra que si tu fais taire Forestier sur Le Barbier et Isidor.

THURINGE

Avec Forestier, rien à faire... Ah çà! nous sommes dans un manège fermé, nous piétinons. Quelle heure est-il?

LEGROS

Bientôt dix heures! Encore une heure et demie et Gaudechart livre la lettre.

THURINGE

Ah! Gaudechart. C'est lui qui tient tous les fils. Il m'a fait voler ma lettre et l'a communiquée à Forestier, puis il a su la visite de Forestier ici, et, *Le Contrat Social* lui faisant défaut, à cette heure il lit dans mon jeu... Est-ce ce soir qu'il illuminera!

(Thuringe regarde à travers la baie vitrée l'appartement de Gaudechart. Dans ce silence il entend un froissement du parquet derrière la porte.)

Encore un domestique qui écoute!

(Il marche à la porte, l'ouvre brusquement et trouve un domestique derrière.)

Que faites-vous là ? Vous espionnez, drôle ! Je vous chasse... Je vous chasse. *(Il crie.)*

LEGROS

Tais-toi, tais-toi, pense à ta femme.

(Il prend Thuringe à bras-le-corps et referme la porte.)

THURINGE, *faisant un effort sur lui-même.*

J'ai senti un brouillard sur mon cerveau... Le Président, Forestier, *L'Etoile blanche* sont des comparses. Tout dépend de Gaudechart...

LEGROS

Depuisson divorce, il dit à tout Paris : « Je veux voir Thuringe suicidé ou en Cour d'assises. »

THURINGE

En Cour d'assises ! Jamais.

(Silence.)

LEGROS

Envoie ta femme chez Gaudechart.

THURINGE

Je vais te mettre à la porte.

LEGROS

Oui, tu peux cela, tu as encore deux heures pour mettre les gens à la porte, mais après tu ne pourras plus parce que chez toi, il n'y aura plus personne.

(On entend du bruit, on frappe à la porte.)

THURINGE

Qui est là ?

ISIDOR, *apparaissant, d'un ton gouailleur.*

Messieurs Le Barbier et Isidor, députés.

SCÈNE IV

LES MÊMES, LE BARBIER, ISIDOR.

(*Isidor et Le Barbier entrent.*

ISIDOR

Une femme de cuisine nous a dit de monter.

LEGROS, *en façon d'a-parté*

Naturellement le domestique fait ses malles.

LE BARBIER

Mon cher Thuringe, on parle d'un changement de front du *Contrat social*. Êtes-vous renseigné ?

THURINGE

Ah ! vous êtes émus, maintenant ! Ce matin, vous me lâchiez, vous me jetiez à l'eau.

LE BARBIER

Quel ton, mon cher ami ! Nous ne sommes ni émus ni inquiets, puisque nous ignorons quelles personnes sont visées et quelle histoire est soulevée. Nous venons en causer avec vous.

THURINGE, *à Legros.*

Comment tu n'es pas parti? Qu'est-ce que tu fais ici?

LEGROS

Parti? Mais où veux-tu que j'aille?

THURINGE

C'est bien, tu as raison! reste ici, toi, tu es un ami! (*Aux deux autres en désignant Legros.*) Ce matin vous me laissiez seul avec lui!

ISIDOR, *sans ménagements.*

Nous ne sommes pas députés de l'Anjou, nous.

LE BARBIER

Mon ami Isidor est brusque, comme à l'ordinaire, mon cher Thuringe, mais vous seriez injuste de méconnaître qu'il vous a prêté un réel appui ce tantôt dans les couloirs, et moi-même je ne crois pas avoir mal manœuvré. Il est parfois impolitique de se prêter un appui public, mais vous pouvez compter sur nous, comme nous comptons sur vous.

ISIDOR

Mon cher, devant cette campagne qui commence, chacun prend ses précautions. Quand tu étais au Cabinet de Le Barbier, tu as connu bien des affaires.

THURINGE

En effet.

ISIDOR

Tu as encore les papiers...

THURINGE

Oui.

ISIDOR

Tu peux les montrer?

THURINGE

Les voilà. (*Il ouvre le coffret qu'on a déjà vu au premier acte et présente, sans la laisser toucher, la chemise où sont les papiers.*) Et c'est même une raison de plus pour que je compte sur votre amitié.

LE BARBIER

En effet mon cher Thuringe; on ne vous reproche pas ces précautions. Dans le temps, comme on voit, vous ne laissiez rien traîner; il est seulement fâcheux que vous ayez perdu cette qualité d'ordre. Si vous égarez aujourd'hui vos propres papiers, de telle façon qu'on les retrouve dans *Le Contrat social*, vos amis ont le droit d'être inquiets pour ceux des leurs que vous possédez.

THURINGE

Tranquillisez-vous, les voici ! (*Il referme le meuble sur le dossier.*) Et si la justice s'avisait de perquisitionner chez moi, cette démarche donnerait du désagrément à beaucoup de personnes.

ISIDOR

Très bien, mon vieux, tu es en règle. Tu méritais de te tirer d'affaire, comme tu l'as fait.

(*Isidor et Le Barbier rient très fort en se regardant.*)

LEGROS, *intervenant brusquement.*

Mais il y a Gaudechart qui prétend faire passer notre ami en Cour d'assises.

LE BARBIER

C'est sérieux, cela ?

LEGROS

C'est officiel, je viens de l'Élysée. Et il y aura un mandat d'amener, des perquisitions.

THURINGE, *désignant l'appartement de Gaudechart.*

On entend ses insultes jusqu'ici.

ISIDOR

Oh! si on ne les entendait que jusqu'ici.

LE BARBIER

Mon cher Isidor, je suis d'avis que nous ne négligions rien pour Thuringe, et puisque Gaudechart demeure dans cette maison même, montons jusque chez lui.

THURINGE

Non pas!

LEGROS, *à Thuringe.*

Laisse-les causer avec lui. C'est ta seule chance.

THURINGE, *bas, à Legros.*

Mais s'il leur dit mon opération de ce matin?

LEGROS, *de même.*

Je doute qu'il en sache le détail. Et puis, de se savoir compromis, ça les stimulerait à se tirer d'affaire. Et enfin, s'ils t'étranglent, ça te dispensera de chercher une solution.

THURINGE, *accablé.*

Va tout de même supplier Forestier de ne rien publier.

LE BARBIER, *qui s'est concerté avec Isidor.*

Descendez-vous, Legros? Nous avons deux mots à vous dire.

LEGROS

Je suis à vous.

(*Legros, Isidor et le Barbier sortent.*)

SCÈNE V

THURINGE

THURINGE, *seul*

Tout se groupe et se concentre contre moi. Les circonstances de toute part me pressent. Traqué par Gaudechart, j'aurai en outre, demain, Le Barbier et Isidor et leurs amis pour me forcer. L'opposition nous enveloppera tous trois de sa haine, et le Gouvernement me rendra responsable du scandale. En plus du mépris comme chéquard, j'endosserai le mépris comme traître... C'est la Cour d'assises, le suicide ou la fuite.

Jusqu'où n'ira-t-il pas? disait-on. Et voilà Thuringe débarqué!

Il y a cinq ans, avec quelle joie je rangeais mes

papiers, professeur qui quittais le collège d'Angers pour entrer au Cabinet de Le Barbier! Il y a trois ans, quels battements de cœur quand, assisté de cette brute d'Isidor, j'entendais mon nom acclamé : « Thuringe, député d'Angers! » Et tant d'efforts pour aboutir à cette nuit!... Où sont-elles, mes belles soirées ivres de métaphysique à la bibliothèque de l'École normale et mes soirées, plus enivrantes encore, au hasard des villes d'Italie! Les angoisses de cette veillée détruisent en moi le pouvoir de retrouver jamais de telles jouissances. Soit! Mais des nuits me restent, dont je ne veux pas me passer. Le malheur même me les rend plus précieuses. La philosophie et l'art, c'est fini! La popularité, j'y puis renoncer! Mais renoncer à mon amour, vivre sans ma femme, jamais! (*Il court à la porte qui donne sur la chambre à coucher.*) Hélène! Hélène!

(*Madame Thuringe entre.*)

SCÈNE VI

THURINGE, MADAME THURINGE.

THURINGE

Il se passe des choses terribles. As-tu quelqu'un pour t'aider à faire tes malles? Partons.

MADAME THURINGE

Oh ! comme tu es agité ! Que dis-tu là ? Pourquoi partir ?

THURINGE

On peut venir perquisitionner ici... On veut se saisir des papiers qui assurent ma défense.

MADAME THURINGE

Des papiers ! Qu'est-il besoin de papiers ? C'est à tes ennemis de prouver leurs accusations, non à toi de te justifier, sinon, comme tu l'as fait aujourd'hui à la Chambre, par ta parole d'homme inattaquable.

THURINGE

Mais si l'on m'arrête et si l'on m'enferme ?

MADAME THURINGE

Moi, on ne m'arrêtera pas ! Je serai là pour te défendre, et, à mes côtés, tes amis Legros, Isidor, Le Barbier ! Enfant fiévreux, quels cauchemars te hantent !

THURINGE, *désespéré.*

Oui, j'ai la fièvre, mais c'est de trop t'aimer. C'est perdre ton amour qui fait mon cauchemar !

MADAME THURINGE

Perdre mon amour ! Toi, qui es ma parure et mon orgueil, je cesserais de t'aimer ?

THURINGE

Ils sont si perfides ! Ils arriveront à te faire douter de moi. Tu sais bien ce que tu m'as dit ; tu ne peux pas aimer un homme coupable. Voilà comme tu es, tu ne pardonnerais pas. Un soupçon, une fausse apparence peuvent tuer ton affection. Partons, je t'en supplie.

MADAME THURINGE

André, dis-moi plutôt que tu as une minute de faiblesse, de défaillance physique sous cette journée trop lourde, mais tu es brave, tu ne laisseras pas ton honneur en péril.

THURINGE, *s'agenouillant.*

Tu repousses ma demande, petite fille? Tu ne m'aimes donc plus?

MADAME THURINGE

C'est parce que je t'aime que je ne peux pas fuir. Je ne veux pas que tu sembles coupable. Nous leur ferons tête tous deux. Et puis alors, si la politique t'écœure toujours, si ton dégoût n'est pas la lassitude d'une affreuse journée, soit! je ne m'opposerai point à ton bonheur. Penses-y encore, et si tu persistes dans ton sentiment, nous quitterons tout; je ne serai plus belle que pour toi.

THURINGE, *se relevant, essayant de l'entraîner.*

Tout de suite, Hélène! partons. Une vie cachée, paisible, auprès de toi, rien que pour toi. Partons pour être heureux.

MADAME THURINGE

Non, pas en fugitifs! Après m'avoir associée trop d'années à sa vie honteuse, Gaudechart m'imposerait aujourd'hui une humiliation pire qu'aucune de jadis. Jamais! Paris ne doit pas croire que l'homme que j'aime a fui. Attendons la calomnie et ses suites en honnêtes gens.

THURINGE

Écoute ! J'entends quelqu'un ! On monte... Viens, nous n'avons pas fini d'être heureux. On monte ; on va nous empêcher de nous aimer. Partons...

MADAME THURINGE

C'est impossible.

THURINGE

Tu ne veux pas? Le temps presse. Les voici ; partons.

MADAME THURINGE, *en pleurs, épouvantée.*

Mon bien-aimé !

THURINGE

Tu refuses de partir ! Eh bien ! abandonne-moi. Va-t-en ! (*Il la pousse vers la porte.*) Je suis perdu.

SCÈNE VII

THURINGE, LE BARBIER, ISIDOR.

(*Entrent Le Barbier et Isidor.*)

ISIDOR, *gouailleur et malveillant.*

Madame était là !... On les dérange.

THURINGE, *se retrouvant avec peine.*

Ah ! C'est vous !

LE BARBIER

Êtes-vous un homme, mon cher Thuringe ? Voulez-vous entendre la réponse de Gaudechart ? Il a dit : « Je veux bien que Thuringe disparaisse, sa lettre ne paraîtra pas. » Disparaissez, mais avant, brûlons nos papiers.

THURINGE

Ma femme refuse de fuir.

ISIDOR

C'est ce que pensait Gaudechart, qui la connaît.

THURINGE

Ne prononcez plus ce nom de Gaudechart.

LE BARBIER

Je dois pourtant ajouter une chose qu'il nous a dite et qui nous a fortement frappés, Isidor et moi : c'est que vous avez reçu Forestier, ce matin.

THURINGE

Eh bien ?

LE BARBIER

La cessation de sa campagne contre vous coïncidant avec une nouvelle campagne contre d'autres personnalités est de nature à sembler suspecte. Gaudechart est tout disposé à vous présenter comme l'instigateur de ce changement de tactique dont vous bénéficiez.

THURINGE

Votre conclusion ?

ISIDOR

Qu'il n'y a rien à tirer de Gaudechart. Il te livre aux attaques de l'opposition et, de plus, se prétend en mesure de te faire exécuter comme traître par la majorité.

THURINGE

Alors?

LE BARBIER

Il faut que vous imaginiez vous-même une issue, s'il en est. (*Insistant sur les mots.*) Lui ne vous offre, — qu'on puisse vous répéter, — rien que la fuite.

THURINGE

Et vous?

ISIDOR, *menaçant.*

Nous?... nous cherchons qui tu as essayé d'entraîner dans ta chute.

LE BARBIER

Non, Isidor, pas d'irritation. Notre pauvre ami est à plaindre, ainsi acculé, et si je voyais quelque moyen de lui éviter la Cour d'assises, les atrocités d'un procès où il sera certainement accablé, avec joie, je le lui proposerais.

(*Silence.*)

THURINGE

Mais qui répond que, moi... disparu, Gaudechart cessera son ignoble poursuite?

LE BARBIER

Il a besoin du Gouvernement et ne voudrait pas

assumer la responsabilité d'un scandale, pour lui désormais inutile; c'est un homme d'affaires en même temps qu'un passionné, il vous hait et veut votre... disparition. Mais il ne tient pas à étrangler ce brave Legros. C'est un esprit froid qui, sachant ce qu'il veut, s'y tient.

THURINGE

Alors, je n'ai plus qu'à me tuer!... Vous, Le Barbier, auprès de qui pendant trois ans j'ai été un collaborateur de tous les instants! Toi, Isidor, qui es venu m'assister dans ma première campagne électorale! Te rappelles-tu les longs voyages en voiture dans la banlieue d'Angers, les réunions publiques, l'étreinte après le résultat proclamé!... Et vous, mes amis, vous qui savez la portée exacte de l'acte qu'on me reproche, vous voulez que je me tue, — pour cent mille francs.

ISIDOR

Nous en parlions tout à l'heure avec Legros, nous trouvions que c'était bien dur en effet!

(On entend du bruit dans l'antichambre, on frappe à la porte.)

LE BARBIER

On frappe, Thuringe.

ISIDOR

Regarde! tu n'as plus de domestique dans la maison. Ce que ça doit être à Angers!

LE BARBIER

Nous allons passer à côté, dans la petite bibliothèque.

(Ils sortent, Thuringe va ouvrir.)

SCÈNE VIII

THURINGE, LE DÉLÉGUÉ DE LA PRÉFECTURE DE POLICE.

LE DÉLÉGUÉ

Monsieur me reconnait? La Préfecture de police! Monsieur le Préfet m'a chargé de faire une démarche auprès de monsieur le député, pour lui demander s'il ne pourrait pas s'opposer à la publication du *Contrat social* ?

THURINGE

Eh! qu'y puis-je, à la fin ?

LE DÉLÉGUÉ

Que répondrai-je?

THURINGE

Que vous me tuez tous.

LE DÉLÉGUÉ

C'est bien.

THURINGE

Un mot! j'ai une jeune femme. Doit-on m'arrêter si la Chambre demain suspend à mon endroit l'immunité parlementaire?

LE DÉLÉGUÉ

Ce sont, je crois, les intentions du Gouvernement.

THURINGE

Alors, tous les députés compromis seraient arrêtés?

LE DÉLÉGUÉ

Non, vous seul, sous la prévention d'avoir livré de faux papiers au *Contrat social.*

THURINGE, *morne.*

Cela suffit, je vous remercie.

(*Le Délégué se retire. En se retournant, Thuringe voit une lueur très apparente projetée dans la pièce par les fenêtres. Il s'approche des vitres et reste un certain temps muet.*)

Gaudechard a illuminé!

SCÈNE IX

THURINGE, LEGROS, ISIDOR, LE BARBIER

(*Sur ces entrefaites, Legros rentre, il va jusqu'à Thuringe qui ne se retourne point et lui met la main sur l'épaule.*)

LEGROS, *bas.*

Le Contrat social publie les papiers sur Isidor et Le Barbier. Je n'ai rien pu empêcher, mon pauvre ami. Voilà les épreuves du journal de demain matin. (*Il lui tend un journal en épreuve.*)

THURINGE, *lisant, toujours bas.*

« Exécution de Le Barbier et Isidor. » Je suis perdu, voilà pourquoi Gaudechart a illuminé!

(*Il ouvre la porte, et fait rentrer Le Barbier et Isidor. Puis les interpellant tous trois :*) Si je me tue, me promettez-vous que ma femme ne saura jamais pourquoi? Pour elle, au moins, je veux mourir honnête homme.

ISIDOR

Je crois bien, pauvre petite femme!

LE BARBIER

Nul ne saura jamais un mot, ni Madame Thuringe, ni les électeurs.

LEGROS

Je cours à l'*Étoile Blanche*. On arrête la campagne Gaudechart et on annonce que tu t'es tué dans un accès de fièvre chaude à la suite des calomnies de ce matin. Compte sur moi, pour ton comité et la circonscription.

THURINGE, *hausse les épaules et à Isidor.*

Tu as toujours un revolver sur toi? Passe-le.

ISIDOR

Attends! (*d'une voix étouffée*) Si on appuie contre la poitrine, la balle perd sa force de pénétration, si on écarte, la main tremble ; en fixant le canon contre une règle plate, comme ceci, et en tenant l'arme de la main gauche, on fait avec la droite jouer la gâchette. (*Ce disant, il ficelle et règle le revolver.*)

LE BARBIER

Et nos papiers, Thuringe?

THURINGE, *la main toujours tendue.*

Puisque vous me dites que, moi mort, Gaudechart ne publiera rien, que craignez-vous? il n'y aura pas de perquisition. A vous de vous entendre avec Legros, à qui je lègue tous mes papiers.

LE BARBIER

On pourrait s'entendre tout de suite.

THURINGE

Arrangez-vous. (*A Legros.*) Toi, Legros, tu as intérêt à ce qu'on m'élève un buste dans l'Anjou.

ISIDOR

Nous serons tous trois à l'inauguration.

THURINGE

Maintenant, sortez et laissez-moi mourir seul.

LE BARBIER, *arrête Isidor qui tend le revolver et l'entraîne avec Legros à l'écart.*

Et les papiers qui restent là.

ISIDOR ET LEGROS, *bas.*

Ah! oui, les papiers.

LE BARBIER, *de même.*

Et puis on ne peut pas aller dans les journaux annoncer un suicide qui n'est pas chose faite.

ISIDOR ET LEGROS, *bas.*

Il a raison.

LE BARBIER, *tout haut.*

Nous ne pouvons pas, dans l'état où se trouve Thuringe, l'abandonner. Ses amis lui doivent de l'assister jusqu'au bout.

ISIDOR

Mais si nous restons là, on dira que nous l'avons assassiné : il nous faut un témoin, n'importe qui, se tenant avec nous pendant que tu passeras là à côté.

THURINGE

Je vais appeler un domestique. (*Il sonne. Silence.*)

ISIDOR

En voilà du temps perdu !

THURINGE, *qui ne quitte plus des yeux la pendule.*

Onze heures un quart, donne le revolver, Isidor.

ISIDOR, *haussant les épaules.*

Tous les domestiques sont chez Gaudechart, bien sûr.

THURINGE

Finissons-en... Je me tue ici. Legros n'aura pas le temps de courir à *L'Etoile Blanche.*

LEGROS

Si, j'ai encore trente minutes au moins : *L'Etoile Blanche* a un petit tirage et met sous presse très tard.

(*Thuringe sonne une seconde fois, personne ne vient.*)

LE BARBIER

Je vais appeler votre femme. Ce sera le témoin.

THURINGE

Ce serait trop féroce ! Pas elle !

ISIDOR

Ce n'est que la prévenir deux minutes plus tôt. D'ailleurs, elle ne te verra pas.

THURINGE

Tais-toi, assassin.

LEGROS

Moi, je ne peux en supporter davantage. Adieu, mon vieux, adieu.

THURINGE, *va à la porte et appelle.*

Hélène!... pourrais-tu venir?

TOUS LES TROIS

Du courage, mon ami.

THURINGE

Vous autres, n'oubliez pas votre promesse.

(Thuringe passe dans la petite bibliothèque du fond; après quelques instants, Madame Thuringe paraît en peignoir.)

SCENE X

LES MÊMES, MADAME THURINGE.

(Madame Thuringe recule très étonnée.)

MADAME THURINGE

De quoi s'agit-il, messieurs?

LEGROS

Votre mari va venir, il cherche un dossier.

(*Silence.*)

LE BARBIER

Votre mari est un peu souffrant, agité, ce soir, madame.

(*Isidor ne se donne aucune peine de dissimuler; il s'est carré dans un fauteuil, Madame Thuringe les regarde avec inquiétude, soudain ses yeux se portent sur la fenêtre.*)

MADAME THURINGE

Gaudechart a illuminé! (*Avec anxiété.*) André l'a-t-il vu? André! André!

(*Le Barbier et Legros manient déjà les dossiers dans le coffre. Isidor a déplié l'exemplaire du « Contrat social » oublié là par Thuringe. Soudain il bondit.*)

ISIDOR

Nos lettres! dans *Le Contrat*! il les avait photographiées! Je suis coulé. « Exécution de Le Barbier et Isidor. » Ah! le bandit! Il me le payera. (*Coup de feu.*) Il me le payera, même par delà la mort.

MADAME THURINGE

Mort! André! Au secours!

ISIDOR

Ah! vous ne partirez pas, Legros. (*Il s'est précipité pour empêcher Legros de sortir, mais celui-ci le repousse en criant :*)

LEGROS

Ah ! pardon, et l'Anjou !

(*Madame Thuringe essaye vainement d'ouvrir la porte de la bibliothèque.*)

MADAME THURINGE

André ! André ! Il s'est enfermé à clef !

(*Isidor s'est jeté contre la porte en criant de violentes injures.* « Bandit ! Scélérat ! » *Un des battants de la porte cède. Madame Thuringe entre dans la bibliothèque avec un cri.*)

LE BARBIER

Silence, Isidor ! *Le Contrat social* n'a que des photographies ; par ce coup de pistolet, notre ami Legros vient d'hériter de l'original, et nous dirons que *Le Contrat* est un faussaire... (*L'enfant est accouru demi-vêtu, en criant* « Maman ! ») Pauvre Thuringe, s'il croyait qu'on roule jamais le vieux parlementaire !

MADAME THURINGE, *qui a pris l'enfant dans ses bras.*

Regarde, petit enfant, regarde bien ces hommes et apprends à les mépriser : ce sont tous des canailles !...

RIDEAU.

TABLE DES MATIÈRES

E. 3176. — Paris. Typ. Ferd. IMBERT, 7, rue des Canettes.

www.ingramcontent.com/pod-product-compliance
Ingram Content Group UK Ltd.
Pitfield, Milton Keynes, MK11 3LW, UK
UKHW031924260826
14628UKWH00003B/1410

9 782016 130469